PORTRAITS DE FAMILLE

Données de catalogage avant publication (Canada)

Beccarelli-Saad, Tiziana
   PORTRAITS DE FAMILLE
   (Collection Plus)
   Pour enfants.
   ISBN 2-89045-897-0
   1. Vachon, Jean-François. II. Titre. III. Collection.
   PS8553.E2945P67 1993 jC843'.54 C93-097056-X
   PS9553.E2945P67 1993
   PZ23.B42Po 1993

Directrice de collection : **Françoise Ligier**
Révision : **Michèle Drechou, Maïr Verthuy**
Illustrations intérieures : **Jean-François Vachon**
Maquette de la couverture : **Marie-France Leroux**
Mise en page : **Mégatexte**

L'éditeur a tenu à respecter les particularités linguistiques des auteurs qui viennent de toutes les régions de la francophonie. Cette variété constitue une grande richesse pour la collection.

© Copyright 1991
Éditions Hurtubise HMH ltée
7360, boulevard Newman
Ville LaSalle (Québec)
H8N 1X2 CANADA
Téléphone : (514) 364-0323

Dépôt légal/2e trimestre 1991
Bibliothèque nationale du Québec
Bibliothèque nationale du Canada

PORTRAITS DE FAMILLE

Tiziana Beccarelli-Saad

Collection Plus

dirigée par Françoise Ligier

Tiziana BECCARELLI-SAAD

Née en juin 1952 à Como (Italie), Tiziana Beccarelli-Saad vit actuellement à Montréal (Canada) après un séjour de quelques années en France.

Les textes écrits par Tiziana Beccarelli-Saad parlent de la richesse et du déchirement des appartenances à plusieurs cultures, d'exil, de la condition des femmes, de la recherche de l'identité et du bonheur.

Tiziana termine des études de Lettres et souhaite avoir beaucoup de temps pour écrire.

Tiziana Beccarelli-Saad a publié un recueil de nouvelles, *Les Passantes*, et un roman, *Vers l'Amérique*.

Ma mère avait épousé un homme qui avait du tempérament.

Pas un homme qui ne savait pas se tenir, non, il n'aurait jamais, par exemple, courtisé la femme d'une de ses connaissances ou n'importe quelle femme connue de maman.

«Le monde est vaste et plein de femmes!» disait-il souvent, d'un air las, après avoir trop bu.

Mon père enseignait les mathématiques au collège Mont-Sainte-Anne de Montréal. Il avait apparemment le don de se faire aimer des femmes, quel que soit leur âge. Quand j'étais plus jeune, vers onze ou douze ans, j'étais devenue la confidente de ses élèves. Elles venaient me voir pendant la pause pour me dire à quel point j'étais chanceuse d'avoir un père aussi extraordinaire. Plusieurs d'entre elles me demandaient d'apporter une photographie de ma mère. J'avais vite compris que ce qu'elles voulaient, c'était soupeser leurs chances d'après les traits de leur rivale. Au début, je parlais de tout cela avec maman. Je voulais en rire avec elle. Mais elle n'en riait jamais. Elle disait, avec un sourire résigné:

«Je sais, je sais. Ton père est un homme à femmes.»

Cette phrase, anodine pour moi, semblait la vider de toute son énergie. Il m'a fallu beaucoup de temps pour comprendre. À l'époque, il me semblait logique qu'un homme soit un homme à femmes, logique qu'un homme aime les femmes. Ce n'est que plus tard que j'ai compris qu'il valait mieux, pour un homme marié et père de famille, n'aimer que sa femme. Les gens voyaient en lui quelqu'un de drôle, d'excessif. Excessif, disait aussi maman.

Nous habitions un appartement vaste et bien éclairé dans une rue très passante la nuit comme le jour. L'été, quand je laissais ma fenêtre ouverte, je m'amusais à l'oreille invisible. Je restais immobile dans mon lit. Je fermais les yeux, je me concentrais très fort sur l'image d'une gigantesque oreille. J'essayais de recréer les visages, les attitudes d'après le son de voix. Je dérobais des bribes de conversation par-ci, par-là, et imaginais des vies. J'inventais toutes sortes de situations que je m'amusais à compiler et à numéroter. Je riais à mourir rien qu'à imaginer l'air perplexe des gens découvrant qu'ils s'étaient fait voler leurs mots.

Un soir, selon mon journal intime, c'était un jeudi, j'ai cru entendre la voix de mon père. Une voix chaude, un peu pompeuse, une voix sûre de son effet. Cette voix disait je t'aime avec insistance, avec un rien de violence. J'avais le cœur qui battait très fort dans la poitrine. Je m'étais retrouvée dans le salon, l'air perdue, affolée et j'avais demandé à maman: «Où est papa?»

Maman avait l'air tellement surprise qu'elle n'avait rien pu répondre. Je m'étais dirigée vers la cuisine avec une telle hâte que j'avais failli renverser papa. Je m'étais jetée dans ses bras et je l'avais serré très fort en lui racontant mon premier mensonge: «J'ai fait un cauchemar affreux. Je te croyais mort.»

Papa s'occupait beaucoup de moi. De mon éducation. Il disait souvent que dans ce pays plein de richesses, la plus grande de toutes était la possibilité pour la majorité des jeunes de fréquenter l'université. Il me voyait déjà bachelière.

— Minimum! expliquait-il à l'oncle Giuseppe. Tu vois, toi tu as réussi grâce au système D. Celui de la débrouillardise. Les enfants de demain, ceux qui réussiront, ce sera grâce à l'étendue de leurs connaissances. Nous leur laisserons un monde complexe. Un monde mécanisé mais plein de trous quant aux valeurs morales. Je ne les envie pas ces enfants. Leur vie sera au moins aussi difficile que la nôtre.

Une ou deux fois par an, il m'emmenait au musée. Il me prenait par la main et nous allions de salle en salle; il se montrait d'une patience à toute épreuve devant ma réticence car je ne pensais qu'à rentrer à la maison pour jouer avec mes amis. Maman ne nous accompagnait jamais dans ce genre de sorties. Elle prétendait que tout ça ne servait qu'à satisfaire les penchants «m'as-tu-vu» de mon père.

— Tu n'es qu'un incorrigible snob, disait-elle.

Oncle Giuseppe avait beaucoup d'amis et il tenait à ce que tous rencontrent papa car il était très fier de son beau-frère. La plupart de ses amis étaient polyglottes et j'étais habituée à ne pas tous les comprendre.

— Tu vois, disait maman, ils sont comme nous. Ils parlent d'amour dans leur langue maternelle, se fâchent dans leur patois, discutent affaires en anglais.

À l'adolescence, j'étais souvent absente de la maison. Je ne rentrais que morte de fatigue ou morte de faim. Parfois, le matin, je me réveillais avec maman dans mon lit. Nous l'avions fait souvent quand j'étais plus jeune et je me disais alors que maman devait s'ennuyer de sa petite fille. Je voyais là l'expression de tout son amour, de tout son espoir.

— Nous serons amies pour toujours n'est-ce pas?

Je me souviens clairement de sa voix quand elle me disait cela.

Papa, lui, enrageait de me voir si libre, si disponible à ce que la vie voulait bien m'apporter. Il disait chaque fois qu'il en avait l'occasion:

— Est-ce que c'est pour ça qu'on est partis d'Italie? Pour faire de notre fille une dévergondée?

Alors la dispute commençait entre maman et papa.

Elle disait:

— Ma fille, une dévergondée? Où tu vas chercher des idioties pareilles?

— Oui, ta fille. Regarde un peu comme elle s'habille.

— Comme toutes tes élèves! Et tu ne t'en plains pas que je sache!

— Les autres, c'est différent. Ma fille, je veux en faire quelqu'un de bien.

— Bien comme qui? Comme toi peut-être?

— Parfaitement, et n'essaie pas, comme toujours, de me diminuer.

— De te diminuer? Comment le pourrais-je? Je ne te vois plus assez souvent pour me souvenir de tes défauts.

— Ah! là! là! La voilà qui recommence!

Dans ces chicanes de famille, je prenais toujours le parti de maman.

Non pas, enfin pas uniquement, parce qu'elle me défendait, mais parce que papa m'avait beaucoup déçue. Déçue n'est pas le mot exact, je devrais plutôt dire humiliée, oui.

Je venais d'avoir treize ans. Je m'étais levée le matin avec une douleur tenace dans le bas-ventre. J'étais allée réveiller maman.

— Maman, j'ai mal!

Elle s'était dépêchée d'enfiler sa robe de chambre. Dans la cuisine, elle m'avait prise dans ses bras.

— Ma chérie, ma grande fille.

Elle souriait d'un drôle d'air. Un air triste. Elle avait tiré ma chemise de nuit et m'avait montré une tache de sang. Elle avait alors commencé une plus longue discussion sur la vie de femme. Elle m'avait expliqué, très calmement, que je n'étais plus une enfant. Je savais tout ça depuis longtemps mais je me taisais, extrêmement concentrée, pour lui faire plaisir. Elle me tenait les mains et me les tapotait. Elle s'était laissé emporter par le flot de ses paroles et en était à me décrire ma vie de femme quand papa avait fait irruption.

— Que se passe-t-il?

— Va dans ta chambre chérie, tu trouveras tout ce qu'il te faut dans le dernier tiroir de ta commode, m'avait-elle dit.

Le samedi suivant, papa et maman avaient invité l'oncle Giuseppe et sa femme. Ils n'avaient pas d'enfant et reportaient sur moi leur trop-plein d'amour familial. Je ne les aimais pas beaucoup. Je les trouvais collants et arriérés. Ils n'avaient pas su évoluer depuis leur arrivée dans ce pays. Ma tante avait mis plus de cinq ans avant de baragouiner quelques mots de français et mon oncle, lui, s'était totalement assimilé à la culture anglaise; ce qui donnait lieu à de fréquentes prises de bec entre lui et maman. Mon oncle avait toujours répété les mêmes arguments.

— Écoute, le Canada c'est une confédération. Dix provinces, deux terri-
toires. Partout l'anglais est la langue
du travail et même au Québec! Les
Américains parlent anglais, dans ce
continent l'argent est anglais. Je n'ai
pas choisi ce pays par amour. J'y suis
venu pour travailler. Tu comprends?
TRAVAILLER pour mériter une vie
honorable. Je veux gagner le droit de
bien vivre. Dans quelle langue? Je
m'en fiche. Et puis je trouve les Anglais plus dignes. Ils sont de meilleurs
chefs d'entreprise. Après tout, ils sont
majoritaires au Canada! Tu crois que
c'est à nous, les immigrants, de changer la balance du pouvoir? On va être
assis entre deux chaises et c'est sur
nous que les problèmes vont tomber.
Je peux remplir mes devoirs de ci-
toyen et je le fais, et le reste, je ne m'en
mêle pas. En politique vaut mieux se
faire tout petit, invisible surtout quand
on n'est pas réellement chez soi. Tu
trouveras toujours un type français ou
anglais qui va te remettre à ta place.

Occupe-toi de ta maison et tiens ta langue!

— Vas te faire voir! lui avait répondu ma mère, rouge de colère.

J'aimais beaucoup maman quand elle disait cela. J'aimais maman qui faisait fi des convenances et devenait vulgaire pour cacher son incapacité de discuter sérieusement. Papa avait dit, sourire aux lèvres:

— J'ai ouvert une bouteille de bon vin et ce n'est pas pour interrompre vos enfantillages. Nous avons un grand événement à fêter.

Nous l'avions regardé. Maman baissait les yeux et avait murmuré:

— Arrête! Je t'ai dit de ne pas le faire.

Elle fixait, très gênée, une tache de sauce tomate. Une tache rouge sur sa nappe blanche. Papa avait haussé les épaules (il le faisait souvent devant les choses qu'il considérait ridicules) et avait enchaîné:

— J'ai le plaisir de vous annoncer que notre fille est menstruée!

Ils s'étaient mis à applaudir comme une bande de tarés et l'oncle Giuseppe bavant de bonnes intentions s'était levé, verre à la main, pour chanter un air d'opéra. J'étais restée clouée à ma chaise, tremblante de rage. J'avais regardé maman. Elle passait son doigt sur la tache rouge qui souillait sa belle nappe blanche. Humiliées, nous l'étions toutes les deux.

Les pièces de notre appartement avaient chacune leur propre atmosphère, leur équilibre particulier entre l'espoir et la désespérance. Le salon, tout lavande et mauve, dégageait une odeur de Provence au printemps, propice aux débordements de tous genres. La cuisine verte, blanche, rouge, pleine d'ustensiles accrochés aux murs et au plafond, caricaturait l'Italie bénie que mes parents se promettaient de retrouver un jour. La salle à manger, austère avec ses meubles d'acajou, invitait aux manière protocolaires des gens bien nés. Bizarrement, c'était toujours là qu'avaient lieu les discussions de fond où, immanquablement, parents et invités se prenaient aux cheveux, surtout en période d'élections. La majorité des gens que mes parents fréquentaient étaient des amis de l'oncle Giuseppe. Et même si la plupart d'entre eux étaient parfaitement bilingues, d'un accord tacite, tout se passait en anglais. Au début maman n'y voyait pas d'inconvénient. Puis, subitement, son cœur de femme avait épousé la cause des francophones. Elle s'était inscrite à des cours de français. En quelques mois, la bibliothèque s'était enrichie des livres de Ferron, Tremblay, Bessette, et bien d'autres. Maman s'était prise d'une admiration sans borne pour Gabrielle Roy. Elle avait exigé que nous passions nos vacances à visiter le Manitoba. Je n'y étais pas allée, j'avais préféré les Laurentides, chez des amis. Je n'ai jamais parlé avec maman de ce qui s'était passé cet été-là. Mais maman avait changé. L'oncle Giuseppe devait parler le français! Elle l'exigeait. Celui-ci se fâchait et disait que sa pauvre sœur était devenue folle. Comme ma tante ne comprenait pas un traître mot, maman avait alors accepté le compromis proposé par papa: parler italien.

Je devais avoir seize ans lorsque le Parti québécois, le seul parti qui voulait obtenir démocratiquement l'indépendance du Québec, prit le pouvoir pour la première fois. Maman était débordante d'énergie. Elle chantait tout le temps et riait pour des riens. Papa était furieux. Avec le temps, les opinions politiques de maman avaient fini par exaspérer mon père. Il avait compris que, dans cet acharnement de maman à s'identifier aux Québécois francophones et à les défendre, il y avait quelque chose de menaçant pour lui.

Durant toutes leurs années de vie commune, papa s'était arrogé les privilèges de son sexe: des infidélités répétées, le pouvoir de l'argent, le pouvoir de la connaissance. Maman n'avait pas trouvé le courage de l'attaquer de front. Quand elle se plaignait, rarement, devant son frère, celui-ci répondait impassible:

— C'est un bon mari, un bon père. C'est un homme que diable!

Le camp des hommes, le camp des forts. Son camp à elle, c'était celui des faibles. L'équation s'était complétée tout naturellement: Québec/femmes. De voir ce parti prendre le pouvoir lui avait donné la certitude que tous les changements étaient possibles. Au début, papa disait que l'indépendance du Québec, c'était une utopie. Avec complaisance il supportait les crises de colère de maman. Ce projet était, pour lui, condamné d'avance. Mais l'assurance de maman augmentait au même rythme que les succès remportés par les péquistes. C'était à la même époque que papa avait commencé, discours nouveau pour lui, à se plaindre des femmes. Je l'avais souvent entendu rabaisser maman par des critiques acerbes, mais il concluait toujours par son éternel: «Heureusement, elles ne sont pas toutes comme toi!»

Maintenant, il disait souvent:

— Toutes les mêmes!

Je venais de fêter mes dix-huit ans et mon entrée à l'université. Papa avait été parfait, absolument parfait. Il n'avait pas exposé ses opinions politiques, n'avait pas déblatéré contre le féminisme, n'avait pas courtisé mes copines, n'avait pas insulté les garçons en les traitant de fillettes. Il avait charmé tous mes copains. Je me tenais fièrement à côté de lui et l'encourageais à discuter de littérature. Il avait parlé de Cendrars, de Vian, de Simenon. C'était sublime. Un père idéal. Maman s'était tue, comme d'habitude, et s'était occupée de tout. Je ne me rendais pas compte des efforts de maman pour garder sa place dans la maison. Malgré moi, je les poussais, elle à s'occuper des tâches ménagères, lui à faire étalage de sa culture. C'étaient des parents parfaits, chacun à sa place. Papa au salon, maman à la cuisine. Elle n'avait pas souvent essayé de s'imposer autrement. Timidement une fois ou deux, elle avait entamé des conversations avec mes amis. Je lui coupais la parole pour lui demander ceci ou cela, ce que je n'aurais jamais fait à papa. Quand elle me posait des questions sur mes cours, j'étais réellement surprise par la qualité de son attention. Elle buvait mes paroles et finissait par avouer:

— Comme tu as de la chance d'être si sûre de toi.

J'aimais mieux parler de ces choses avec papa. Il gardait son ton professoral

pour m'aider à faire mes travaux et je me disais que si j'arrivais à le convaincre lui, plus rien ne pourrait m'arrêter. Après le départ des copains, nous nous étions retrouvés affalés sur le divan du salon. Maman avait dit:

— Je sens un mal de tête qui se prépare. Je vais me coucher.

— Le mal de tête conjugal, avait raillé papa.

Elle m'avait embrassée et, sans même regarder papa, était partie. Je me sentais très proche de papa ce soir-là, mais trop lâche pour défendre maman. Je le regardais du coin de l'œil prise d'une envie folle de me blottir dans ses bras. Il finissait sa cigarette et regardait dans le vide. Je lui avais dit alors:

— Tu as été parfait.

— Tant mieux! avait-il répondu.

Il avait écrasé sa cigarette, avait regardé autour de lui. Il avait ajouté d'un air las:

— Le monde est vaste et plein de femmes!

— Tu as trop bu.

Le lendemain matin, maman était venue me rejoindre dans la cuisine.

— Ton père t'a parlé hier soir?

J'étais encore à moitié endormie, à moitié euphorique et j'avais répondu distraitement.

— Oui, oui.

Maman n'avait rien ajouté.

J'avais mis plus d'une semaine à réaliser que papa n'habitait plus avec nous. J'avais dit à maman:

— Où est papa?

Elle n'avait pas bronché, pas levé les yeux de son journal.

— Il est parti. C'est définitif. En tout cas, je l'espère.

Il arrivait souvent que lorsque je répondais au téléphone, à l'autre bout de la ligne, on raccrochait. Quand maman répondait, elle disait:

— Un instant.

Elle se levait et, tranquillement, se dirigeait vers sa chambre.

— Raccroche maintenant, ma chérie.

Papa ne me donnait plus de ses nouvelles. Régulièrement, nous recevions de l'argent. Maman disait toujours que la semaine prochaine, elle se chercherait du travail. Peut-être le faisait-elle vraiment, je ne sais pas. Mes études allaient bien. Non, plutôt mal. Enfin, je ne sais plus. Je m'étais inscrite en droit. Au bout de quelques mois, je m'ennuyais à mourir. J'en avais parlé à maman. Elle m'avait conseillé de chercher autre chose. Je m'étais inscrite en littérature. Ça me faisait penser aux spectacles de papa. Je trouvais, en comparaison, mes professeurs minables. Je les trouvais petits, tout petits. Maman disait que je finirais bien par trouver quelque chose d'intéressant.

Certains samedis soirs après le souper, assises l'une à côté de l'autre, nous regardions les photographies de l'album familial. Maman à dix ans: petite fille au regard vif. Maman à quinze ans: l'air timide, pas très jolie. Je lui disais:

— Tu n'étais pas très jolie.

Maman souriait. Elle répondait que c'était à cause de la façon dont grand-mère l'obligeait à s'habiller.

— J'ai beaucoup changé après mon mariage.

Maman racontait. Comment elle avait connu papa, jeune étudiant à l'époque. Comment elle était impressionnée par son intelligence, par l'étendue de ses connaissances. Elle était réceptionniste dans une compagnie de bonbons. Son frère Giuseppe travaillait au département d'expédition de la même compagnie. Il n'arrêtait pas de parler de son départ prochain pour l'Amérique. Son objectif: rien de moins que New York! Maman à vingt-trois ans: chapeau et gants. Très élégante.

— Je voulais me vieillir, avoir l'air d'une dame. J'étais allée accompagner Giuseppe jusqu'au bateau qui allait l'emmener en Amérique.

Il n'avait passé que deux jours à New York et, par divers concours de circonstances, avait fini par s'installer à Montréal. Il écrivait souvent à maman et, dans chaque lettre, essayait de la convaincre de venir le rejoindre. Papa et maman, avec des gens endimanchés à l'arrière-plan: photo de mariage.

— Ton père venait de finir ses études. Il parlait français couramment. Toute une branche de sa famille avait émigré en France et il allait chez eux tous les étés. Ton père est un homme brillant. Il ne lui a fallu que quelques mois pour apprendre le français. Trois ans après notre arrivée à Montréal, il a trouvé cette place de professeur au collège.

— Et toi, maman?

— Quelques mois après notre mariage, j'étais déjà enceinte et nous avons décidé d'émigrer. D'un commun accord, nous avons convenu que pendant quelques années ma principale occupation serait de t'élever. Ensuite? Ton père gagnait assez bien sa vie, j'avais mes habitudes à la maison.

J'avais rencontré papa au restaurant. J'avais été surprise par son allure. Il était très élégant, avait l'air rajeuni. Nous nous étions embrassés.

— Comment vas-tu? avait-il dit. Il avait répété cette même question je ne sais combien de fois, guettant la moindre contradiction dans mes réponses. Il m'avait expliqué que ça n'allait plus entre lui et maman mais que lui n'aurait jamais pris l'initiative de partir.

— Ta mère m'a mis à la porte en m'expliquant que tu étais assez adulte pour encaisser le coup. C'est vrai? Tu vas bien?

Je crois que j'avais réussi à le convaincre. Après cette première fois, nous nous sommes revus souvent. Parfois, papa venait manger à la maison. Il était très gentil avec maman et elle était gentille avec lui. Quand papa se montrait trop familier, maman disait d'un ton badin:

— Alors, comment vont tes nombreuses maîtresses?

Ils riaient tous les deux en me faisant un clin d'œil. Maman disait:

— Que veux-tu, ton père est un homme à femmes!

«Les gens ici parlent continuelle-
ment du temps qu'il fait» avait écrit
un jour mon père à la famille restée
en Italie. Mais pendant la campagne
du référendum, les gens ne parlaient
plus que de politique. Voterait-on,
oui ou non? Allait-on donner au gou-
vernement le mandat de négocier une
nouvelle association avec le Canada?
Maman faisait beaucoup de bénévolat
pour le camp du oui. Oncle Giuseppe,
pour le camp du non. Papa évitait
systématiquement d'avoir à donner
son opinion. Moi, je m'en fichais.
Contrairement à tous mes amis, je
n'étais pas du tout politisée. J'habitais
mon propre appartement depuis trois
mois. J'étais enceinte depuis trois
mois et je venais de l'apprendre. Ça
n'avait été qu'une histoire d'un soir,
un presque inconnu invité chez moi
pour calmer un sentiment d'angoisse
vague. J'avais fait l'amour pour savoir,
bêtement, juste comme ça. J'avais
essayé d'en parler à maman. Impos-
sible. Elle n'avait qu'une idée en tête:
le référendum.

J'avais reçu un coup de téléphone en pleine nuit. Au bout du fil, maman pleurait.

— Nous avons perdu ma chérie. Tout ce travail pour rien!

Les Québécois avaient décidé que la province resterait une province. Durant plusieurs semaines, maman avait essayé de provoquer en moi un sentiment d'appartenance au pays qui me pousserait à m'engager politiquement comme l'avaient fait la plupart de mes amis. Je ne me sentais pas concernée. Maman s'en rendait compte et essayait de ne pas montrer sa déception. Elle disait souvent que je passais à côté d'un moment historique important uniquement par paresse.

— Réveille-toi ma chérie. Ouvre-toi au monde. Cette société qui se prépare est la tienne. Comment peux-tu rester insensible à tous ces bouleversements?

Ma mère pleurait et je me taisais. Je ne sais pas comment maman avait interprété mon silence. Ce que maman ne savait pas, ne saurait jamais, c'est que j'étais en deuil. La veille, je m'étais fait avorter. Le lendemain, oncle Giuseppe et sa femme avaient invité parents et amis pour un repas de réconciliation. Durant la période pré-référendaire, on avait assisté à de nombreux débats qui s'étaient souvent soldés par des déchirements dans les familles, dans les groupes d'amis, les uns et les autres essayant de démontrer la justesse de leurs opinions. Dialogues de sourd. Même chez les immigrants les disputes étaient fréquentes. La peur avait éveillé chez beaucoup d'entre eux des visions de chaos apocalyptiques. Maman avait été surprise de voir que son frère ne se pavanait pas victoire à la boutonnière. Dès le début du repas, il avait pris la parole. D'après lui, il était plus que temps, pour chacun, de panser les plaies. Le référendum n'avait pas seulement divisé le pays mais aussi les familles. Il était plus que temps de joindre nos efforts pour la reconstruction. L'horreur, la séparation que je

portais dans mon corps me semblait
bien plus réelle.

Papa avait accepté un poste dans l'administration d'un collège privé de Toronto. Il nous a invitées au restaurant, maman et moi. Papa vieillissait bien, maman plutôt mal. Depuis quelques semaines, elle insistait pour que je retourne vivre avec elle. Il n'en était pas question. Un homme d'âge mûr était entré dans ma vie. Je ne le voyais pas très souvent: il était marié. J'avais enfin fini un baccalauréat en littérature et je travaillais maintenant à temps plein dans un restaurant du centre ville. Je n'étais pas malheureuse. Maman non plus d'ailleurs, enfin la plupart du temps. Elle se plaignait beaucoup de sa solitude, de l'agressivité de son chat, de la routine de son travail au sein du Parti québécois. Elle parlait parfois de certains hommes politiques connus qu'il lui arrivait de rencontrer. Elle en parlait avec calme et une pointe d'ennui.

Maman m'avait téléphoné pour m'annoncer que papa et elle allaient essayer de vivre ensemble. Elle partait le rejoindre à Toronto.

— À mon âge ma chérie, on ne supporte pas la solitude. Et puis ton père n'est pas un mauvais bougre. Il va m'aider... chérie? Tu m'écoutes? Qu'en penses-tu? Je trouvais ça très bien, excellent même. Oncle Giuseppe et sa femme parlaient d'aller finir leurs vieux jours en Italie.

C'était l'oncle Giuseppe lui-même qui était venu m'annoncer la mauvaise nouvelle. Quand il m'avait embrassée, son visage était déjà mouillé. Il m'avait serrée dans ses bras en disant:

— Elle t'aimait beaucoup. Comme elle aurait aimé sa propre fille.

Je n'aimais pas le voir comme ça. Je m'étais occupée de lui jusqu'à ce que mes parents arrivent. La tante était morte d'un arrêt cardiaque. Dès son arrivée, maman avait pris les choses en main. Elle avait trouvé le temps de tout faire, même de s'occuper de son frère. L'enterrement passé, mes parents avaient proposé à mon oncle de l'emmener avec eux quelques semaines. Il avait accepté, sincèrement reconnaissant de leur affection. Maman avait dit:

— Dans des moments pareils, on est content de ne pas être seul dans la vie.

Avant de partir l'oncle Giuseppe m'avait donné une enveloppe. Il avait insisté pour que je ne l'ouvre pas devant lui. Elle contenait un chèque de dix mille dollars et un petit mot en italien dans lequel ma tante me souhaitait une vie remplie d'enfants parce que, disait-elle, c'était tout ce qui comptait vraiment. Je n'avais pas pleuré. On ne pleure pas une ombre, même quand on a du cœur.

Pendant des heures entières, j'étais restée dans mon lit à penser, repenser, fignoler comment j'allais annoncer à mes parents que j'avais l'intention d'épouser un homme divorcé, père de trois enfants et de vingt ans mon aîné.

Je me rappelais ce que maman, cédant à la douleur, disait parfois des maîtresses de papa: «Ces garces! Elles se moquent bien de la souffrance des autres.»

Je n'avais pas prévu que ça prendrait cette tournure.

— Toronto a beaucoup changé depuis ma dernière visite. Moi aussi j'ai beaucoup changé. Papa, maman, j'ai quelque chose à vous dire.

Papa n'avait rien dit. Il baissait les yeux d'un air coupable. Maman avait essayé de rester calme. Elle avait réellement essayé. Après quelques heures d'un interrogatoire serré, elle m'avait dit, d'un ton dur:

— Et sa femme, que pense-t-elle de tout ça?

Ma mère aimait s'habiller, mais elle attendait que mon père ne soit pas là, parce qu'il voulait toujours la conseiller sur la coupe et la couleur des vêtements à porter.

«Tu n'es pas obligée de t'habiller comme les femmes de ton âge, ton corps est svelte, profites-en!»

Droite devant sa psyché, elle gardait les yeux sur le miroir et arrangeait les plis, un peu à droite, un peu à gauche. Il lui arrivait de m'emprunter des chandails. Elle rougissait de plaisir à constater que nous avions la même taille. Elle s'en défendait en disant :

— Pour le corps, ça va. Mais regarde mon visage, quelle horreur !

— Maman, tu exagères.

— À peine, à peine. Tu comprendras un jour. Quand on est mariée à un homme comme ton père, un homme...

— ... à femmes ! lui disais-je en lui coupant la parole. Nous pouffions de rire et elle continuait :

— Oui, un homme à femmes. Avec ce type d'homme, vieillir est une chose affreuse. On ne peut s'empêcher de voir en chaque femme plus jeune une ennemie en puissance. C'est épuisant !

Oncle Giuseppe vivait en Italie. Chaque année, il venait rendre visite à papa et maman. Il semblait s'être habitué à son veuvage. Maman était contente de retrouver son frère. Elle disait souvent que depuis qu'ils étaient vieux, tout était redevenu comme lorsqu'ils étaient enfants. Depuis un an, mes parents étaient revenus vivre au Québec. Ils s'étaient acheté un petit restaurant à Saint-Sauveur dans les Laurentides. Ils semblaient plus heureux. Quand j'allais les voir, Papa disait:

— Alors, quand est-ce que je vais être grand-père?

— Tu l'es déjà trois fois.

— Ces enfants-là ne sont pas à toi, pas à nous.

— Papa! Nous vivons ensemble depuis quatre ans.

— Et alors?

J'agissais comme si ces conversations stériles ne me touchaient pas. Pourtant, au fond de moi, j'étais émue, ébranlée dans mes certitudes. À cette époque, je me surprenais à rêver souvent de mon passé. Je revoyais ma petite enfance. Je devais avoir autour de cinq ans. Maman se préparait et me préparait à l'idée que nous allions être séparées plusieurs heures par jour. Le temps de l'école était venu. Je parlais un français plutôt médiocre. Mes parents avaient décidé de ne parler que l'italien à la maison. Ma mère me laissait rarement regarder la télévision mais cela ne me manquait pas. J'étais très entourée. J'avais toujours quelqu'un avec qui jouer. La tante s'occupait beaucoup de moi. Elle avait une patience d'ange et semblait prendre un réel plaisir à nos jeux. Elle venait presque tous les après-midi à la maison. Maman la laissait faire. Je me souviens très bien du rituel du vendredi ; maman, la tante et moi passions la journée dans les magasins. On revenait les bras chargés. À la maison, papa et l'oncle Giuseppe s'activaient dans la cuisine. Ils bougonnaient :

«Si on veut manger dans cette maison, il faut préparer le repas soi-même.»

La tante et maman se souriaient, complices. L'oncle Giuseppe me faisait sauter en l'air et feignait de n'être pas capable de me rattraper. Je riais, même si je détestais ça. Je savais que je devais rire. Il n'était pas méchant, l'oncle Giuseppe, mais tellement collant! Je n'aimais pas jouer avec lui. En croyant me faire plaisir, il me laissait toujours gagner. Gagner, avec lui, ne voulait rien dire. Papa m'appelait «ma petite princesse». Et je crois bien que j'en étais une, une enfant-reine entourée d'adultes qui la servaient.

Ma première communion. La tante avait cousu elle-même ma robe. C'était une robe ridicule et pompeuse. J'avais l'air d'une mariée miniature. Il avait fallu des mètres et des mètres de dentelle, directement importée de France, et des mètres et des mètres de tulle. On avait tressé mes cheveux en y intercalant par-ci, par-là, des boutons de roses. Oncle Giuseppe avait insisté pour payer toutes les dépenses.

— J'en ai le droit. Je dirais plus, c'est mon devoir puisque ma femme et moi sommes ses parrain et marraine! criait-il à mes parents.

Ma mère avait haussé les épaules et avait accepté. Après la cérémonie religieuse, nous avions eu droit à une réception dans le restaurant d'un ami de l'oncle. Il y avait là une centaine d'invités, les bras chargés de cadeaux. L'oncle, fier comme un paon, me promenait dans l'assistance. Il avait un bon mot pour chacun et concluait:

— Est-elle assez belle cette enfant! C'est mon sang!

Maman souriait. Cette journée-là, elle n'avait pas arrêté de me dire:

— Sois gentille avec ton oncle, il t'aime tellement!

Ils m'aimaient tous beaucoup. Je trouvais ça normal, naturel. Je croyais sincèrement que c'était comme ça pour tous les enfants du monde.

Je devais leur présenter l'homme que j'allais épouser.

— Ton vieux! disait ma mère.

Je voyais la mauvaise humeur de papa mais il n'osait rien dire ouvertement, sans doute par peur des représailles de maman. J'étais venue leur expliquer que la cérémonie serait très simple, avec quelques intimes pour seuls invités.

— Ça n'est pas ainsi que je me représentais ton mariage, avait dit maman.

Je m'imaginais facilement sa déception. Sa princesse qui se mariait

presque en cachette! Elle essayait d'ironiser:

— Sa première femme sera-t-elle invitée?

Elle me faisait souffrir et le savait. C'était plus fort qu'elle. J'avais fini par dire:

— Très bien. Si vous ne voulez pas venir, ne venez pas!

J'étais montée dans ma voiture et sans même me retourner, j'étais partie.

Oncle Giuseppe était venu. Durant la petite réception qui avait suivi, il s'était montré très discret. Timide même. Avant de partir, il était venu me voir.

— Je te souhaite d'être heureuse même si à première vue... comme ça... on dirait que tu ne t'y prends pas bien. Écoute ma fille (c'était la première fois qu'il m'appelait ainsi), chacun a le droit de se faire son bonheur comme il peut. Ne pense pas de mal de ton père et de ta mère, ils t'aiment et t'aimeront toujours. Quoi que tu fasses. Simplement, pense à la vie de ta mère. Essaie de comprendre. Donne-lui le temps. Le temps arrange bien des choses. Je pars maintenant. Je raconterai tout à tes parents. Je leur dirai que tu as été la plus belle. Comme toujours.

Il m'avait prise dans ses bras et, sans me quitter des yeux, m'avait embrassée lentement sur la bouche. Il avait dit:

— Ta tante aurait aimé te voir aujourd'hui.

Je l'avais regardé partir ce petit homme trapu, les mains dans les poches. J'avais senti un terrible déchirement. J'aurais voulu avoir un élan vers lui, le rappeler, lui crier mon amour. Je ne pouvais pas. J'étais restée à le regarder s'éloigner, sans un geste, sans un mot. La petite fille en moi n'avait pas réussi à dépasser ses premières répulsions. Pauvre oncle Giuseppe !

La première année de notre vie commune, nous n'avions la garde des enfants qu'une fin de semaine sur deux. Frédéric disait :

— Ce sera facile, les enfants t'aiment bien.

Et c'était vrai. Surtout pour Véronique. Elle se collait à moi. Elle me suivait partout. Je l'avais surprise une fois ou deux en train de fouiller dans ma trousse à maquillage.

— Tu te mets tout ça sur la figure? m'avait-elle demandé d'un air perplexe.

— Pas tous les jours.

— C'est bien, ça ne paraît pas du tout.

Elle était en admiration devant mes talents. Véronique n'avait que treize ans. Encore une enfant, mais pourtant il y avait en elle des zones de résistance où on sentait poindre la femme qu'elle deviendrait. Il n'avait pas fallu beaucoup de temps pour que je m'attache à elle et, les jours de visite, il nous arrivait souvent de sortir seules.

Elle adorait le magasinage et les hamburgers. C'était facile d'être gentille avec elle. Elle me racontait certains événements de sa vie dans le menu détail. Elle me disait avec un clin d'œil:

— Motus et bouche cousu! Maman ne le sait pas.

Il s'agissait souvent d'histoires de garçons. Elle semblait s'intéresser beaucoup aux garçons. Un jour, elle m'avait dit, tout à fait sérieusement:

— J'aimerais bien vivre tout le temps avec vous.

Je lui avais promis d'en parler à son père.

Frédéric était en bons termes avec son ancienne femme, surtout depuis que celle-ci vivait avec un autre homme. Il l'avait invitée au restaurant afin de lui parler de Véronique. Elle n'avait manifesté aucune résistance et avait même ajouté:

— Tu sais, c'est plus difficile pour moi de faire accepter les enfants à mon conjoint. Les deux garçons, passe encore. À l'âge qu'ils ont, on ne les voit plus beaucoup. Pour Véronique, c'est différent. Elle prend beaucoup de place.

Elle avait toutefois insisté pour que Véronique se sente libre de changer d'idée et puisse retourner vivre avec elle si elle en avait envie.

C'était bon d'avoir Véronique dans la maison. Elle était gaie et expansive. Elle parlait beaucoup et avait un sens aigu du drame. Elle nous racontait ses journées, incroyablement «heavy», disait-elle. Tout allait de travers et cinq minutes après, tout baignait dans l'huile. J'agissais comme une grande sœur, une grande amie et nos rapports étaient faciles. Je voulais absolument présenter Véronique à mes parents. Je ne savais pas comment m'y prendre. Je lui en avais parlé. Elle comprenait tout très bien.

— Le problème vient de ta mère?

— Je crois bien.

— Emmène-moi avec toi à ta prochaine visite. Elle n'osera pas me renvoyer.

— Il n'y a rien de moins sûr.

— Je serai charmante, tu verras.

— Hum! Peut-être.

J'avais fini par me dire qu'il n'y avait pas là de quoi faire un drame. Après tout, j'étais majeure, vaccinée, mariée. Pourquoi me mettre dans un tel état? J'avais décidé qu'il était temps de faire tomber les résistances de maman. De toute façon, Véronique et moi, nous nous étions préparées au pire. Véronique riait.

— Tu nous vois? Nous faire mettre dehors devant tous les clients?

Car c'était là son idée. Son idée géniale, comme elle disait. Aller voir mes parents durant la semaine et les surprendre au restaurant. Je regrettais que l'oncle Giuseppe ne soit pas en visite. Je perdais un allié précieux.

Tout s'était bien passé, enfin, pas trop mal. Devant les clients, maman nous avait traitées en étrangères. Ensuite, papa était venu se joindre à nous au moment du café. Maman boudait dans la cuisine. Véronique s'était levée pour aller la rejoindre.

— Bonjour madame, lui avait-elle dit le plus simplement du monde, c'est moi, Véronique.

Ma mère ne lui avait pas répondu. Elle avait ajouté:

— Il paraît que vous êtes très douce?

Maman avait souri. Avec réticence, elle était venue nous rejoindre et nous avions parlé de choses et d'autres. En les quittant, je me sentais plus légère.

Véronique avait déclaré avant de partir:

— Nous reviendrons avec papa.

À ma grande surprise, maman n'avait pas réagi.

Le jour de Noël, nous étions tous ensemble. Y compris l'oncle Giuseppe. Nous voir tous réunis me faisait un drôle d'effet. Comme une valse-hésitation entre le bonheur et la nostalgie. Je crois bien que c'était la première fois que l'âge avancé des membres de ma famille me sautait aux yeux. Maman, vive et bien organisée, s'occupait de tout. Elle avait tenu à préparer elle-même le repas, refusant l'aide que nous lui proposions chacun notre tour. Elle m'avait fait entrer dans un petit salon, son petit coin comme elle l'appelait. Il y avait des livres, toute une collection de poupées anciennes et des coussins qui traînaient partout.

«Ma bohème», m'avait-elle dit en clignant des yeux. Elle avait parlé avec aisance. Elle m'avait décrit ses journées de travail et m'avait raconté son plaisir d'avoir relu *Une saison dans la vie d'Emmanuel* de Marie-Claire Blais. Elle évoquait par gestes et mimiques les choses dont elle parlait et je n'avais pu m'empêcher de lui trouver un enthousiasme qui faisait mon envie; elle m'inquiétait pourtant. Elle affirmait que sa santé s'était améliorée, qu'elle dormait et mangeait bien, que papa était aux petits soins pour elle. J'avais voulu la croire, par égoïsme sans doute. J'avais fini par dire:

— Maman je te retrouve. Tu as été si... si... Enfin, ces derniers mois n'ont pas été faciles pour nous, n'est-ce pas?

Maman m'avait dit:

— J'avais peur. Peur pour toi. La vie tout bêtement se répète et passe.

— Tu sais maman, tous les hommes ne sont pas des hommes...

— ... à femmes!

C'était un vrai Noël comme nous n'en avions pas connu depuis mon enfance.

J'ai longtemps marché dans les rues de Montréal; j'ai tourné autour de l'Université de Montréal en proie à l'angoisse et à la peur. Tandis que je montais et descendais la Côte-des-Neiges, j'essayais de gommer une à une toutes les peurs de mon enfance qui avaient refait surface depuis que j'avais appris la maladie de maman. Ce matin, papa m'avait appelée:

«Elle t'attend depuis une demi-heure déjà. Il faut que tu viennes. J'ai parlé au docteur. Je n'ai pas de bonnes nouvelles. Viens!»

Au lieu de courir vers cette chambre d'hôpital où agonise l'être le plus important de ma vie, je reste là, dans les rues, l'esprit et le cœur paralysés par la peur.

Aujourd'hui j'ai enterré ma mère. Tôt ce matin, dans la salle de bains, Frédéric m'a dit:

— Je comprends ta peine.

Je suis sûre qu'il croit bien faire mais Frédéric ne sait rien de ma peine. Papa ne sait rien de ma peine. Oncle Giuseppe ne sait rien de ma peine. Moi-même jusqu'à ce moment précis, je ne savais rien de ma peine. Je viens de la sentir là, juste maintenant, lovée au fond de moi. Je ne pleure pas.

Plus tôt, cette année, maman m'avait dit:

— Je sais maintenant ce qui ne va pas chez les hommes comme ton père. Ils s'arrangent pour trouver une femme dont ils s'attachent la fidélité et puis ils se sentent assez forts pour conquérir toutes les autres. Dans le fond, ce sont des êtres faibles.

Je viens de comprendre que désormais je ne pourrai plus décrocher le téléphone et entendre sa voix. Commencer une conversation et finir une dispute. Arriver à l'improviste et pleurer dans ses bras. Redevenir une enfant. Son enfant.

Il me reste toute ma vie, intacte et fragile et tout ce que je n'ai pas dit.

«Ma chère maman,

Je suis débordée de travail. J'adore l'enseignement. Je n'arrive pas à trouver le temps de te téléphoner mais je pense à toi souvent.»

Il y a, autour de moi, des gens que j'aime et qui m'aiment.

«Ma chère maman,

Tout le monde ici va bien. Ça m'a fait plaisir d'entendre ta voix sur le répondeur. Désolée de n'avoir pu venir la semaine dernière. Je cours! Je cours! Et le temps passe. Peut-être pourrais-je me libérer la semaine prochaine?»

Papa s'est occupé de tout. Ça semble le soulager un peu de penser que tout a été fait selon l'usage. Il repartira bientôt à Saint-Sauveur.

«Ma chère maman,

J'espère que tu vas mieux. Ces douleurs ne me surprennent pas avec cette humidité! Tu as besoin de vraies vacances. Parles-en à papa. Je viens la semaine prochaine, promis! juré!»

Des verres à moitié vides traînent un peu partout. Les cendriers sont pleins de mégots et j'ai froid. Je reste là à regarder mes mains. On dirait que j'attends, comme maman avait l'habitude de le faire. Ce sont des attitudes que les mères lèguent à leurs filles.

Je n'ai aucune difficulté à me l'imaginer encore vivante. Je dois faire un affreux cauchemar. Je vais me réveiller.

J'entends papa bouger dans la cuisine. Je trouve qu'il pleure trop. Je ne sais pas. Trop de larmes. Trop facile. À quoi pense cet homme-là, juste en ce moment?

Que faire avec cette horreur qui m'a saisie? J'entends encore sa voix, je me rappelle la lumière de ses yeux, pour combien de temps? Combien de temps? Je la vois encore avec son joli tailleur de lin beige et ses sandales m'attendant au coin de la rue principale et me suivant longtemps du regard, et je me souviens de nos embrassades. Je me sentais si bien avec elle. Maman.

Cette journée clôt un chapitre de ma vie. Le monde me paraît plus silencieux que d'habitude aujourd'hui. Je n'entends plus. Il faut que je reprenne mon rôle avec ses grimaces, grimaces de plaisir, grimaces de chagrin, jusqu'à ce que tous repartent d'où ils viennent. Qu'ils me laissent enfin seule, toute seule.

Voyager : cela avait toujours été un des désirs de maman. Elle m'en parlait régulièrement après avoir lu la section «Voyages» de *La Presse*. Petite, elle me traînait avec elle dans les agences et nous revenions son sac à main plein de prospectus.

— Viens ma puce, on va rêver, me disait-elle.

Elle étalait les images de soleil ou d'hiver sur la table de la cuisine et me les commentait.

— Un jour, nous partirons ensemble. Juste toi et moi.

— Quand maman ?

— Quand tu seras assez grande.

L'année scolaire s'achève et je me prépare à partir en vacances avec Véronique. Ensuite, elle quittera la maison pour vivre sa vie. J'espère être assez forte maintenant pour repousser la tentation que j'ai trop souvent eue ces deux dernières années : refuser la réalité. Je garderai toute ma vie un souvenir angoissant de cette période où ne sachant comment vivre sans maman, je faisais comme si elle était encore là, parmi nous.

Frédéric nous guide dans nos choix: l'Italie d'abord puis la Grèce et l'Espagne. À l'idée de passer six semaines à voyager, Véronique exulte. Cependant elle est raisonnable; nous verrons tout cela si c'est possible, si ce n'est pas trop cher, etc. Je regarde en souriant ma tranquille petite fée. Elle tourne autour de moi, m'embrasse, papote. Notre voyage et ensuite... Elle veut vivre en appartement avec sa copine Gisèle. «La vie se répète» aurait dit maman.

Je suis entrée dans la chambre de Véronique où traînent encore des boîtes vides, des affiches, des livres, de vieux bas troués, une chemise de nuit en flanelle. Cette chambre que je ne me décide pas à m'approprier pour en faire mon bureau dans l'espoir que la petite changera d'idée après notre retour. Véronique part, ma petite Véronique, ma tornade. « Après tout, elle n'est pas ta fille » aurait dit maman.

« Maman... Comment as-tu vécu mon départ ? » Tu parlais souvent des chagrins causés par les hommes, par leurs absences. C'est vrai que l'absence ronge, mais pour moi c'est l'absence au féminin.

Frédéric ne viendra pas. Il travaille sur un livre. Un roman, je crois. Comme je lui ai beaucoup parlé de ma relation avec maman, je le soupçonne de s'être volontairement effacé pour me laisser seule avec Véronique.

J'aime vivre avec Frédéric. Malgré les années, nous formons un couple soudé par le désir et l'aptitude au bonheur. J'écrirai des cartes postales à Frédéric, je prendrai des tas de photos.

Sur la table, les prospectus, les guides. « Nous partirons bientôt. »

Plus d'un mois de voyages; j'ai des images plein la tête.

« Adieu maman ». Nous partons en voyage.

LE PLUS DE
Plus

Réalisation:
Astrid Berrier

Une idée de
Jean-Bernard Jobin
et Alfred Ouellet

Pour faciliter la lisibilité du texte, le masculin a été employé pour désigner les personnes. Les lectrices et les lecteurs sont invités à en tenir compte au cours de la lecture.

Avant de commencer

Avez-vous l'esprit de famille?

Répondez par oui ou non et comptez vos réponses.

1. Je connais la date de naissance de ma mère.　　Oui　Non

2. Je connais les prénoms de mes cousins/cousines.　　Oui　Non

3. Je connais la date du mariage de mes parents.　　Oui　Non

4. Je sais où habitent mes cousins/cousines.　　Oui　Non

5. J'écris souvent à ma grand-mère.　　Oui　Non

6. Je passe chaque année une fête en famille.　　Oui　Non

Le vocabulaire que vous n'avez jamais osé demander

Trouvez l'intrus

1. une naissance — un accouchement — une césarienne — une propriétaire

2. un avortement — une interruption de grossesse — un neurologue — un fœtus

3. être enceinte — un bonbon — la grossesse — le bébé

4. le succès — le mariage — le divorce — la séparation de corps

5. la nappe — les règles — les menstruations — le sang

Des fêtes pour tous

À quelle religion associez-vous les fêtes suivantes?

1. le baptême
   catholique
   hindouiste
   judaïque

2. le Rosh Hashanah
   catholique
   islamique
   judaïque

3. le Ramadan
   bouddhique
   islamique
   judaïque

4. le Yom Kippur
   catholique
   islamique
   judaïque

5. le Nouvel An chinois
   bouddhique
   islamique
   judaïque

6. Diwali
   catholique
   hindouiste
   judaïque

Au fil du texte

Quinze questions pour commencer

1. Le père de la narratrice
   A. est professeur de mathématiques
   B. est spécialiste de la nature
   C. enseigne la logique

2. Le père de la narratrice
   A. distribue sa photo à ses élèves
   B. courtise les amies de sa mère
   C. plaît à ses élèves

3. Dans l'épisode où la narratrice entend la voix de son père,
   A. elle écoute aux portes
   B. elle regarde par le trou de la serrure
   C. elle joue à un jeu

4. La narratrice aime
   A. les musées
   B. jouer avec ses amies
   C. que son père s'occupe d'elle

5. Dans la famille de la narratrice
   A. on parle d'amour en français
   B. on se dispute en dialecte italien
   C. on parle affaires en français

6. Le père pense que sa fille adolescente est
   A. une jeune fille modèle
   B. une débauchée
   C. quelqu'un de bien

7. La narratrice a eu ses règles
   A. à onze ans
   B. à douze ans
   C. à treize ans

8. L'oncle Giuseppe et sa femme
   A. sont parfois importuns
   B. parlent très bien français
   C. ont des idées modernes

9. L'oncle Giuseppe
   A. est engagé en politique
   B. croit qu'un immigrant doit jouer un rôle important en politique
   C. dit qu'il veut rester invisible en politique

10. À l'annonce publique des menstruations, la narratrice et sa mère
    A. applaudissent
    B. tremblent de rage
    C. chantent un air d'opéra

11. La mère de la narratrice lit
    A. Margaret Atwood
    B. Simenon
    C. Gabrielle Roy

12. Les privilèges du sexe masculin sont
    A. la fidélité
    B. les connaissances
    C. le sacrifice

13. Pour le père de la narratrice, l'indépendance du Québec
    A. est possible
    B. est un rêve
    C. est pour bientôt

14. À l'époque du référendum, le père de la narratrice
    A. rabaisse les femmes
    B. les trouve supérieures
    C. les trouve ignorantes

15. Lors de la fête pour l'entrée de la narratrice à l'université,
    A. la mère parle beaucoup
    B. le père parle beaucoup
    C. la mère est à sa place au salon

L'arbre généalogique

Ce texte porte le nom de *Portraits de famille*. Une famille peut toujours se reconstituer par un arbre généalogique. Pourriez-vous faire celui de la famille italienne dont il est question dans la nouvelle en plaçant sur votre arbre le père et la mère de la narratrice, l'oncle Giuseppe et la tante, la narratrice, Frédéric et Véronique.

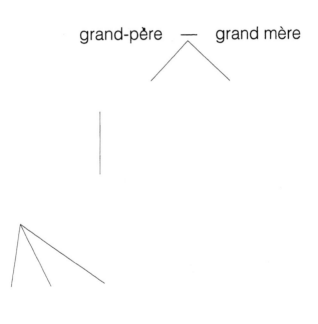

grand-père — grand mère

Les idées politiques de l'oncle Giuseppe

Reportez-vous aux arguments de Giuseppe sur le rôle de l'immigrant en politique (p. 15). Nous les avons regroupés pour vous. Donnez leurs contraires.

Arguments de Giuseppe	Contraires
A. Le rôle de l'immigrant n'est pas de changer la balance du pouvoir.	1.
B. Je travaille en n'importe quelle langue, je m'en fiche.	2.
C. En politique, il faut se faire tout petit surtout quand on n'est pas chez soi.	3.
D. Occupe-toi de ta maison.	4.
E. Tiens ta langue.	5.

Quelques chiffres

«Tu vois, disait maman, ils sont comme nous. Ils parlent d'amour dans leur langue maternelle, se fâchent dans leur patois, discutent affaires en anglais» (p. 10).

Voici, à ce propos ce qu'écrit l'écrivain Marco Micone[1] (Errances, 1988), «Nous parlions italien dans la cour de l'école, l'anglais avec les professeurs et le français avec les jeunes filles du quartier.»

Au Québec, et au Canada, ce bilinguisme, ce trilinguisme sont des situations fréquentes. Vérifiez vos connaissances sur ces situations (Source : CECM[2] pour l'année 1988).

Quel est le pourcentage de...

1. jeunes Montréalais dont la langue maternelle est l'italien?
   A: 1,8 %   B: 11,4 %   C: 5,5 %

2. de jeunes Montréalais dont la langue maternelle est le français?
   A: 57,2 %   B: 84,6 %   C: 75,5 %

3. de jeunes Montréalais dont la langue maternelle est l'anglais?
   A: 7,9 %   B: 10,1 %   C: 12,1 %

4. de jeunes Montréalais dont la langue maternelle est le créole?
   A: 0,1 %   B: 3,3 %   C: 5,2 %

5. de jeunes Montréalais dont la langue maternelle est l'espagnol?
   A: 3,5 %   B: 5,6 %   C: 4,4 %

---

1. Écrivain montréalais, d'origine italienne.
2. CECM : Commission des écoles catholiques de Montréal (écoles primaires et secondaires).

6. de jeunes Montréalais dont la langue maternelle est le portugais?
   A: 4,5 %   B: 5,8 %   C: 3,7 %

Où en sont vos connaissance de l'histoire du Québec entre 1970 et 1990?

Pour conserver sa culture et sa langue, la province de Québec a toujours voulu se faire reconnaître dans la confédération canadienne. Plusieurs événements marquent cette volonté de reconnaissance et d'indépendance: la création d'un parti, le Parti québécois; l'activité basée sur la violence de certains groupes dont le Front de Libération du Québec (FLQ) qui a provoqué la Crise d'Octobre; une loi pour imposer une langue officielle, le français; un désir d'indépendance qui a abouti à un référendum; la recherche d'un accord constitutionnel.

Chaque année lors de la fête de la Saint-Jean, le 24 juin, les Québécois défilent dans les rues pour montrer qu'ils sont fiers d'appartenir à la Province de Québec.

Cochez la bonne réponse:

1. La Crise d'Octobre a eu lieu en
   A: 1970   B: 1969

2. Lors de la Crise d'Octobre, deux hommes politiques ont été enlevés. Il s'agissait de
   A. Pierre Laporte et Pierre Trudeau
   B. James Cross et Joe Clark
   C. James Cross et Pierre Laporte

3. Le Parti québécois a pris le pouvoir pour la première fois en
   A. 1976   B. 1965   C. 1970

4. Le chef du Parti québécois, lors de sa venue au pouvoir, était
   A. Jean Lesage
   B. René Lévesque
   C. Daniel Johnson

5. Le référendum a eu lieu en
   A. 1980   B. 1981   C. 1982

6. Le Premier ministre du Canada, lors du référendum, était
   A. René Lévesque
   B. Joe Clark
   C. Pierre Elliott Trudeau

7. En 1974, le Québec a adopté une loi qui faisait du français la langue officielle du Québec. C'était
   A. la loi 22
   B. la loi 101

Quinze autres questions

1. À l'université, la narratrice s'est inscrite d'abord
   A. en littérature
   B. en géographie
   C. en droit

2. Sur les photos, la mère de la narratrice, à 23 ans
   A. accompagnait Giuseppe au bateau pour aller à Montréal
   B. avait l'air timide
   C. voulait se vieillir

3. Selon le père
   A. c'est la mère qui a décidé de partir
   B. c'est lui qui a décidé de partir
   C. c'est la mère qui l'a mis à la porte

4. La mère, lors du référendum,
   A. est favorable au non
   B. est favorable au oui
   C. n'est pas politisée et n'a pas d'opinion

5. Lors des résultats du référendum, la narratrice est silencieuse
   A. parce qu'elle avait perdu son bébé
   B. parce qu'elle en a assez des disputes sur la politique
   C. parce qu'elle est déçue des résultats

6. La narratrice sort
   A. avec un homme plus jeune
   B. avec un homme plus vieux
   C. avec un homme qui sort de prison

7. Le père et la mère de la narratrice
   A. ne vont pas habiter Toronto
   B. vont revivre ensemble
   C. vont rester séparés

8. Quand la tante est morte, la narratrice dit qu'elle a bon cœur, mais qu'elle ne peut pas pleurer
   A. une ombre
   B. un être humain
   C. un génie

9. Vers la fin de l'histoire, les parents de la narratrice habitent
   A. à Montréal
   B. à Saint-Sauveur
   C. à Toronto

10. Lorsque la narratrice s'est mariée
    A. les parents sont venus à la cérémonie
    B. l'oncle Guiseppe est venu
    C. il y a eu une grande réception

11. Véronique, la fille du mari de la narratrice, adore
    A. le maquillage

B. les hot dogs

C. le cinéma

12. Véronique, qui habite avec Frédéric et la narratrice,

A. est introvertie

B. est triste

C. est expansive et parle beaucoup

13. Lorsque Véronique rend visite aux parents de la narratrice pour la première fois,

A. la mère boude dans la cuisine

B. Giuseppe est présent

C. le père ne veut pas parler à Véronique et à la narratrice

14. Lorsqu'elle apprend la maladie de sa mère, la narratrice

A. court directement la voir à l'hôpital

B. se perd dans les rues de Montréal

C. a peur

15. À la fin, quand la narratrice écrit des lettres fictives à sa mère, elle pense

A. qu'elle entendra encore la voix de sa mère

B. qu'elle se sentait bien avec sa mère

C. qu'elle peut vivre sans sa mère

Jeux et application

Écrivains

Dans l'histoire, la mère de la narratrice accroît ses connaissances en littérature québécoise. À chaque auteur cité, nous attribuons deux titres. L'un d'eux appartient à un autre. Replacez tous les titres.

Michel Tremblay	Les Belles-sœurs
	Une saison dans la vie d'Emmanuel
Jacques Ferron	L'Amélanchier
	Rue Deschambault
Gérard Bessette	La grosse femme d'à côté est enceinte
	Le Semestre
Gabrielle Roy	Bonheur d'occasion
	Le Libraire
Marie-Claire Blais	L'Insoumise
	Historiettes

Où en sont vos connaissances de l'histoire des femmes du Québec?

La mère de la narratrice a trouvé une raison de s'affirmer en participant à la campagne pour le oui au référendum. Voici quelques événements qui jalonnent l'histoire des femmes au Québec. Encerclez la bonne réponse.

1. Les femmes québécoises ont obtenu le droit de vote
    A: en 1919   B: en 1940   C: en 1945

2. Gabrielle Roy a reçu en 1947
    A: le Prix Goncourt
    B: le Prix du Gouverneur Général
    C: le Prix Fémina

3. Laurette Sloane a fondé La Ligue des Femmes du Québec en
    A: 1940   B: 1951   C: 1958

4. La première députée québécoise, élue au Parlement en 1961, est
    A: Claire Kirkland-Casgrain
    B: Francine Descarries-Bélanger
    C: Thérèse Casgrain

5. «Québécoises Deboutte», créé au début des années 70, est
   A : un mouvement féministe révolutionnaire
   B : un comité gouvernemental
   C : une revue féministe

6. Le Conseil du Statut de la Femme, organisme gouvernemental au Québec, a été créé
   A : en 1970   B : en 1973   C : en 1975

7. Parmi les Québécoises féministes suivantes, laquelle a écrit *L'Euguélionne*?
   A : Madeleine Gagnon
   B : Nicole Brossard
   C : Louky Bersianik

8. En 1979, les salariées canadiennes obtiennent le congé de maternité payé à 93 % de leur salaire durant
   A : 17 semaines
   B : 11 semaines
   C : 20 semaines

Pour en savoir plus, sur :

1. *L'histoire du Québec contemporain*, Linteau, Durocher et collaborateurs, Boréal, 2 volumes.

2. *Dictionnaire des œuvres littéraires du Québec,* Fides, 6 volumes.

3. L'histoire des femmes du Québec : Le Collectif CLIO, *L'histoire des femmes au Québec depuis quatre siècles,* éd. Quinze, 1985.

4. « La tradition » qui entoure les premières règles : Lara CARDELLA, *Je voulais des pantalons*, Flammarion, 1989 (traduit de l'italien).

5. La vie de la communauté italienne à Montréal : *La Presse — cahier Plus —* 22 septembre 1990.

Les solutions

Avez-vous l'esprit de famille ?

Si vous avez 5 oui ou plus, vous avez l'esprit de famille. Si vous avez 2 oui ou moins, vous n'avez pas l'esprit de famille, mais vous avez peut-être beaucoup d'ami(es).

Le vocabulaire que vous n'avez jamais osé demander

Les intrus sont :
1. une propriétaire
2. un neurologue
3. un bonbon
4. le succès
5. la nappe

Des fêtes pour tous

1. le baptême	catholique
2. le Rosh Hashanah	judaïque
3. le Ramadan	islamique
4. le Yom Kippur	judaïque
5. le Nouvel An chinois	bouddhique
6. Diwali	hindouiste

Quinze questions pour commencer

1. A ; 2. C ; 3. C ; 4. B ; 5. B ; 6. B ; 7. C ; 8. A ; 9. C ; 10. B. ; 11. C ; 12. B ; 13. B ; 14. A ; 15. B.

L'arbre généalogique

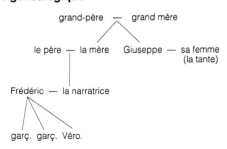

86

Les idées politiques de l'oncle Giuseppe

Arguments de Giuseppe		Contraires
A. Le rôle de l'immigrant n'est pas de changer la balance du pouvoir.	1	L'immigrant peut changer l'équilibre du pouvoir.
B. Je travaille en n'importe quelle langue, je m'en fiche.	2.	Je travaille dans la langue de mon choix et c'est important pour moi.
C. En politique, il faut se faire tout petit surtout quand on n'est pas chez soi.	3.	En politique, il faut se faire entendre, même quand on est immigrant.
D. Occupe-toi de ta maison.	4.	Occupe-toi de politique.
E. Tiens ta langue.	5.	Parle, dis ce que tu penses.

Quelques chiffres

1. B; 2. A; 3. A; 4. C; 5. C; 6. C.

Où en sont vos connaissances de l'histoire du Québec ?

1. A; 2. C; 3. A; 4. B; 5. A; 6. C; 7. A.

Quinze autres questions

1. C; 2. C; 3. C; 4. B; 5. A; 6. B; 7. B; 8. A; 9. B; 10. B; 11. A; 12. C; 13. A; 14. C; 15. B.

Écrivains

Michel Tremblay	Les Belles-sœurs
	La grosse femme d'à côté est enceinte
Jacques Ferron	L'Amélanchier
	Historiettes
Gérard Bessette	Le Semestre
	Le Libraire
Gabrielle Roy	Rue Deschambault
	Bonheur d'occasion
Marie-Claire Blais	Une saison dans la vie d'Emmanuel
	L'Insoumise

Où en sont vos connaissances de l'histoire des femmes au Québec ?

1. B; 2. C; 3. C; 4. A; 5. C; 6. C; 7. C; 8. A.

Dans la même collection

---

* Texte également enregistré sur cassette.